Para Jean-Marc, Théophile, Mathilde, Berthille y Marie, que comen su sopa... tan amablemente...

Quitterie Simon

A Mathilde, Héloïse y Clovis

Magali Le Huche

Puedes consultar nuestro catálogo en www.picarona.net

Una sopa 100 % embrujada
Texto: *Quitterie Simon*
Ilustraciones: *Magali Le Huche*

1.ª edición: marzo de 2018

Título original: *Une soupe 100 % sorcière*

Traducción: *Verónica Taranilla*
Maquetación: *Montse Martín*
Corrección: *Sara Moreno*

© 2007, Éditions Glénat
(Reservados todos los derechos)
© 2018, Ediciones Obelisco, S. L.
www.edicionesobelisco.com
(Reservados los derechos para la lengua española)

Edita: Picarona, sello infantil de Ediciones Obelisco, S. L.
Collita, 23-25. Pol. Ind. Molí de la Bastida
08191 Rubí - Barcelona - España
Tel. 93 309 85 25 - Fax 93 309 85 23
E-mail: picarona@picarona.net

ISBN: 978-84-9145-154-9
Depósito Legal: B-3.810-2018

Printed in Spain

Impreso en España por ANMAN, Gràfiques del Vallès, S. L.
C/ Llobateres, 16-18, Tallers 7 - Nau 10, Polígon Industrial Santiga
08210 - Barberà del Vallès (Barcelona)

UNA SOPA 100% EMBRUJADA

Quitterie Simon

Magali Le Huche

Picarona

Érase una vez la increíble historia
de la sopa de zanahorias, puerros y patatas.
Su receta nació en el caldero de Kroquela,
en la época en que todavía era bruja...
Sin embargo, no aparece en ningún libro de magia.

He aquí el porqué...

Comenzaba a hacer frío en el bosque.

Kroquela se regocijaba al escuchar de nuevo el silbido del viento y la lluvia tamborileando en sus baldosas.

Encendió una hoguera y colocó sobre el fuego su viejo caldero. Le apetecía comer un plato caliente. ¿Estofado, pisto, sopa?

¡SOPA!

A Kroquela no había nada que le gustase más.

Primero, porque la sopa calienta las manos cuando uno aguanta su cuenco, la nariz al acercarse al vapor y el vientre cuando la ha comido. Y luego, porque podemos hacer sopa con cualquier cosa: un sapo pegajoso, una víbora viscosa, bellotas encogidas... Mmm... Sólo de pensarlo...

Kroquela sentía un gorgoteo en su estómago.

¡Rápido! Puso agua a hervir y miró en su despensa... ¡Estaba completamente vacía!

–¡CARAMBA CARAMBOLA! –se molestó Kroquela–. ¡Qué atontada que estoy!

¿Y qué hace una bruja hambrienta sin nada que comer? ¡Se da una vuelta por el huerto del vecino!

Así es como aterrizó en el jardín de la Abuela.
La anciana no cultivaba otra cosa que zanahorias.
Era la verdura preferida de su pequeña nieta,
Caperucita Roja...
Kroquela probó una e hizo una mueca:
–¡PUAJ! Sabor azucarado, color alegre...
¡Esta verdura es para niñitas!
Pero como no había otra cosa... tomó un manojo
y salió corriendo.

Después, voló hasta la casa del Ogro.
En su huerto sólo había nutritivas patatas...
-¡Qué asco! Es redonda, blanda. Lástima que ni siquiera haya una con gusanos -suspiró Kroquela.
Pero como sólo había eso, tuvo que conformarse.

Finalmente, continuó hasta llegar a la casa de un pobre leñador.
En su jardín sólo quedaban puerros.
–¡Por fin una verdura ideal para brujas! –se regocijó Kroquela–. ¡Peluda y con un olor que pica en la nariz!
Iba a arrancarlos todos, cuando se abrió la puerta de la cabaña: el leñador y su mujer salían
para abandonar a sus siete hijos en el bosque. Sorprendida por su aparición,
Kroquela sólo pudo tomar un puñado antes de salir volando.
–A falta de lombrices y víboras, será una sopa de puerros, zanahorias y patatas –refunfuñó la bruja.

Cuando volvió a su casa, Kroquela puso las verduras en el caldero de agua hirviente.
Después agregó las pocas hierbas que le quedaban: laurel, tomillo y orégano.

Pronto comenzó a salir de su cabaña un aroma... deliciosamente desconocido.
El estómago de Kroquela gorgoteaba más fuerte aún.
El aroma cruzó rápidamente el bosque y llegó –en este orden– a la nariz de la Abuela, del Ogro y del leñador.
Pronto, en la puerta de Kroquela se escuchó un golpe:

¡TOC!

La bruja mezclaba lo que había en el caldero.

–Buenos días, señora, me llamo Caperucita Roja. Vengo a buscar las zanahorias que le ha robado a mi Abuela.

–¡CARAMBA CARAMBOLA! –refunfuñó Kroquela–. ¡Qué pequeña tan desvergonzada!

¡¿Desde cuándo las niñitas no temen a las brujas?!

Pero como Caperucita Roja le había hablado cortésmente, y quizás también porque Kroquela estaba ansiosa por probar su nueva sopa, respondió:

–Tus zanahorias están cocidas, pequeña. Pero si quieres, como intercambio, ¡te ofrezco un poco de sopa!

Caperucita devoró un gran bol.

–Mmmm, está deliciosa. Yo...

La niñita se interrumpió: justo frente a la puerta pasaba el Lobo, que se dirigía a la cabaña de la Abuela.

Inmediatamente, tomó uno de los enormes cucharones de Kroquela y corrió hacia él.

El Lobo, aterrorizado, se fugó... perseguido a toda velocidad por Caperucita Roja.

–¡Vaya, vaya! Parece que esta nueva sopa está llena de vitaminas –dijo sorprendida la bruja.

Luego, cerró la puerta y puso la mesa, hasta que...

¡TOC! ¡TOC!

–¿Quién será ahora? –se enojó Kroquela.

Abrió la puerta y, de repente, se sintió pequeña: ¡frente a ella había un Ogro enorme!

Sus bolsillos desbordaban de niños, todos muy bonitos...

–¡Dame mis patatas –rugió el Ogro–, o acabarás en mi sartén, salteada con los niños!

–Querido amigo, lo siento... –se disculpó Kroquela–. He transformado sus patatas en una sopa excelente.

Si le apetece, podría ofrecerle un...

El Ogro no esperó hasta el final de la proposición y engulló de un trago la mitad del caldero.

–Mmmm, ¡está deliciosa! –declaró con un tono más suave–. Yo...

¡BRRP! Un eructo le interrumpió.

–¡Oh! ¡Perdón! Estoy verdaderamente saciado. Ahora no podría comerme ni al más pequeño de los niños...

Entonces, liberó a los pequeños uno por uno –que huyeron a sus hogares corriendo– y se fue.

–¡Vaya, vaya! Esta nueva sopa es muy nutritiva –dijo la bruja.

Luego, cerró la puerta y puso la mesa, hasta que...

¡TOC! ¡TOC! ¡TOC!

—Apuesto a que es el leñador —suspiró Kroquela.
Preparó un último bol para terminar más rápido y abrió la puerta.
¡Se equivocaba! No era el leñador, sino uno de sus hijos,
el más pequeño.

—Buenos días —se irguió el niño—, me llamo Pulgarcito y...
Kroquela le interrumpió:

—Tus puerros están en mi sopa. ¡Ten! ¡Cómete esto
y vuelve a tu casa!

—¡PUAJ! ¡Claro que no! —replicó Pulgarcito—. Prefiero que me
abandonen de noche en el bosque antes que comerla. Venía sólo
para preguntarle si ha visto unos pequeños guijarros blancos.

—¡CARAMBA CARAMBOLA! ¿Pues no rechaza
mi sopa este mocoso?
Kroquela estaba muy molesta.

—Dime, querido —susurró—, ¿sabes que nunca deberíamos decir
«¡PUAJ!» antes de haber probado la comida?
Entonces le ordenó:

—¡COME!

—De acuerdo, de acuerdo —cedió el pequeño Pulgarcito,
no demasiado seguro—. Pero sólo una cucharada... Mmmm...
¡Está deliciosa! Yo...

De repente, su voz le parecía muy lejana a Kroquela: ¡Pulgarcito había crecido de golpe!
Había crecido tanto que sobrepasaba los árboles del bosque.
Escuchó las palabras siguientes:
–... no necesito guijarros ahora... Desde aquí puedo ver la casa de mis padres...

–¡Vaya, vaya! Esta nueva sopa te hace crecer mucho –dijo Kroquela.
Luego cerró la puerta y pensó que ya nadie más iría a molestarla.
Se sentó de nuevo y tomó un goloso sorbo de sopa, hasta que...

¡TOC! ¡TOC! ¡TOC! ¡TOC!

Kroquela casi se atraganta: ¡¿quién sería ahora?!
Recapituló: zanahorias, patatas, puerros... No había nada más en la sopa...
¿Quién podría ser, entonces?
La puerta se abrió y apareció... el Príncipe Azul, que pasaba por allí.
Tan pronto como vio a Kroquela, se apresuró a decirle:
–Mi princesa, mi hada...
–¡HUM! Se equivoca, querido... –dijo Kroquela con un hilo de voz (el Príncipe le gustaba
y se arrepentía de haber dicho eso)–. Soy una bruja. ¿No se nota?
El Príncipe se echó a reír:
–¡Una bruja! ¡Vamos, querida! Jamás había visto a alguien tan amable, ni con unas mejillas así..., tan apetecibles.
Entonces, la besó...

–¡Debe de ser el efecto de las zanahorias! –se dijo Kroquela–. ¡Esta nueva sopa hace maravillas!

Y fue así como el Príncipe y Kroquela vivieron felices mucho tiempo y tuvieron muchos hijos...
... pero a ninguno, desde el más pequeño hasta el más grande, le gustaba la famosa sopa de Kroquela.
¡CARAMBA CARAMBOLA!

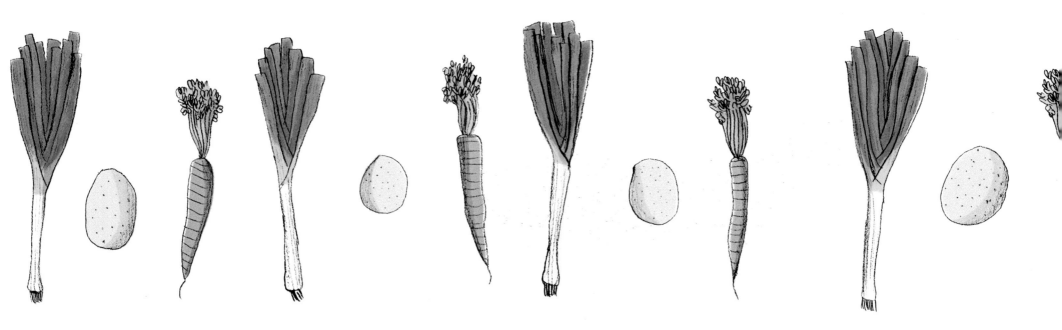